人に生まれて

米屋猛

人に生まれて

米屋猛

目次

装幀＝思潮社装幀室

宗左近に捧ぐ

人に生まれて

人に生まれて

愛を教えて下さった方への頌歌

（あなたに出会う前の世の　遙か先は

蟻だったかも知れません　光りを求めて
砂穴から　きょろきょろと人界に顔を出す蟻

蜥蜴だったかも知れません　陽を浴びに
石塀の隙間から　ぴっくぴっくと地を這う蜥蜴

蚯蚓だったかも知れません　庭土の底の暗闇から
雨水を飲んで浮いてきて
光りを浴びて干涸びる蚯蚓

鴨だったかも知れません　食われ残りの
食われるが定めの鴨

（あなたに出会う前の世の　遙か先は

蟻・蜥蜴・蚯蚓・鴨　そのうちの
何れかだったに　違いありません

死にかわり　生きかわり　死にかわり
生きかわり……………

いつも　悲痛をほほえみの慈愛にかえていらっしゃる　あなた様から
愛を教えて頂けるなんて　哀れと思し召してのことですか

（死んだ後の世の　遙か先は

蟻になって生まれても　かまいません
せっせと働く蟻にでも

（いま此処に　人に生まれて

芽

居間に　午後五時の
鈍い光が射しこみ
爪先が　もうストーブに届きそうになったままの姿勢で
寝ころんでいる
陽は　まだ残っていて

（あなたがおれば

かつてのあなたは　こちらの頭に
爪先をつけて眠っている　庭隅に
明け方の雪があって　そこの
牡丹の老木に陽があたり
花芽が光を集めている
うっすら　つぼみ

（あなたがおれば
此処にいるあなた　いないあなた
芽が霞んで

祝福

女の子が生まれた
おめでとう
お父さんに会えて　よかったね
おめでとう　お母さん
　（でもね
旗振るほど　めでたいの
列つくるほど　めでたいの

わたしたち　知っている
旗の列で
戦場に送られた　兵士たち
旗の影の影
もう会えないかも知れない子を送る
母の涙　知っている
一ッ振レバ　影　二ッ
二ッ振レバ　影　四ッ
三ッ振レバ　影　六ッ
四ッ振レバ　影　八ッ
…………
旗の波はもう　いや
行列もいや

（でもね

女の子が生まれた
おめでとう
お母さんに会えてよかったね
おめでとう　お父さん

帰郷

夢で行く菜の花陰の糸魚見に

行くよ
湖だった水底
菜の花陰の糸魚
　水草や水藻を喰わえてきては　鳥のように
　　まるい巣をつくる糸魚
棘もつ糸魚

小さな　糸魚
（水底で　生まれたものどうし
糸魚
いとよ

（あれは　夢？
（あれは　幻？

いとよ
糸魚
老いのはての　邪まな心というのなら
眼を灼いて下さっても　かまいません

人生 the end の帰郷成就のために
助けてくださいませんか　神さま
どうか

水底の　いとよ
菜の花陰の糸魚

（あれは　幻？
（あれは　夢？

行くよ
汚れ背広に継ぎ接ぎシャツ　よれよれネクタイ
ゴム長履いて

老いた羊の背に乗って
進め　進め
柳の小枝　鞭かざし

行くよ
（水底で生まれたから　行くよ
夢でも行くよ

糸魚
いとよ

＊　長谷川龍生「いとよ」より引用がある

天使

　生きるの　もう少し
目ざめに　遺影の肖像になった詩人に
じっと見られ
写真になった詩人が　側でほほえんで
目ざめの前の眼にうつる　一緒に川を渡って下さっている方は
どなた？
（誰もいないのに　誰かがいる）

帰りの道を見失ったとき
こちらへね
指さして下さったのは
どなた？
（誰かがいる　誰もいないのに）

出会っていたのですね
遙か以前　かつて死んだその前に

死の先でも　会えますか
　もう少し生きるの
目ざめの後に　声がして

きさらぎの祈り

Kさんに

（燦々　光さす庭に

夜半から明け方にかけて一尺ほど雪が積もった後の
いま　何処もかしこも晴天
みたいだから
光のシャワーで此処にも訪ねてきて下さったのだろうか
雪の結晶が　キラキラ

まるでキラキラ星だ
　お天気が明日もよければいいですね
　　（ところで
過食の戒めに　ところどころの贅肉を焼きとって下さいませんか
あなたの光が焼きとって下さるなら
醜い火傷の跡がいくら残っても　一向に構いません
　　（ついでに
まだまだ絶ち切れないでいる恋情　つい焔になりかねない
燠火を消して下されば………
　　（そこに

ほんの少しだけ　光をあてて下さいませんか
明後日も　お天気がつづくといいですね

地の闇にも
光のシャワーできて下さって
じっと　発芽を待つ種子の恙なきを

（燦々　きさらぎの庭に輝やいて

オダマキ

朝の
カラス除けの風船の下には　もう
たくさんの燃やせるゴミの袋が集まっている
「これあげるわ」
ふいに声がして　振りむく
根つきのままの　オダマキ二本を手に真向かいのオバアサンが近づいてくる
（みごとな青紫色　欲しがってたの　どうして知ったかしら）
あれこれ詮索する間もなくて

「ありがとう　ありがとう」をくりかえすだけだった
こちらは　五分五分のオジイサンで

この辺は　秋田市楢山南中町七番だけれど
楢山十軒町という昔の地名が　まだまだ生きているところだ
（疎開道路とも呼ばれていたたし）
旭川と太平川の合流する辺りにほど近い　秋田の南寄り
町の端あたり　葦原を背に　松が疎ら　家十軒
そんなところから　名づいたかも知れない
この町に移ってきたとき
「人情あふれるいい所ですよ」といって下さった善之助さんは
とっくに
亡くなっていて

向こう三軒両隣り
十軒町は十五軒ほどにふえ　代がわりしつつあるけれど
週に一度の
カラス除けの風船の辺りには
ほほえみがある
月に二度の
回覧板でのお知らせもあって

善之助さんがいった人情が　いまだに街を流れている
こちらときたら
九月十五日の町内のお稲荷さんの祭りに顔を出すだけで
ちょこん

と
花茣蓙にすわり
お茶をいただいて　鶴の子餅を頂戴すれば早々退散だから
なさけなくおもっている　毎年おもっているが

鉢で
下向きに咲いているオダマキ
うつむき　伏せ目のイトクリソウ
　　　しずかごぜん
　　　　　しずかごぜん
　しずかごぜん
いとくりの　しずかごぜんが揺れている

近頃は
ヨーロッパ種のオダマキも出回って
紅色や
紅白だの様々な色を競っているみたいだけれど
大振りで派手に決まっているよ　みんな

真向かいのオバアサンへのお返しは
何がいいかしら

アヤメを掘ろう
オダマキそっくりの青紫色
慎重に掘ろう
慎重に

高鳥の岬

（高鳥の巌めぐり澄ます空の秋）

大正四年八月・大須賀乙字は　八郎潟岸に建つ船越小学校作法室で
地元の旦那衆と句会を開いた後　男鹿半島をめぐり
高鳥の句を詠んだ

高鳥とは何だった？
鶚《みさご》か鷹か
おそろしい断崖から舞いあがり

舞いおりたところは　何処?
赤い巌の連なりか

（鷹の墓うかつにも太陽に真向かう）*
「半夷」という詩誌を編集した詩人が句を詠んだところも
この辺りだったか
夷《えびす》びとのような詩人だったのに　早死にして
とうに　この世にはいない

三年前の秋
東京の詩人が断崖に連なる草原を駆けていって
不意に視界から消え　随分心配したけれど
高鳥が二羽　三羽

巌場から舞いあがり　澄みきった空をゆっくり飛んでいたな
（………ことばに疲れ、ことばでできあがった人間は、こうして自
然という言葉のない世界によって癒される。男鹿半島の風景は
「大きな沈黙」そのものだった………）と
その年の新聞にかいたが　いま時分
東京を羽ばたいているか

幻みたいだ
高鳥は今日も飛んでいるか
舞いおり　舞いあがり
幻の羽音を聞かせているか

＊ 柴田正夫句集『男鹿の鷹』

祈りの夏

あちら　闇だから　こちら　明るいの？
こちら　暗いから　あちら　光るのね

父さんの海は　トラック島の海
あの日から　父さん　海の底
兄さんの陸は　土崎の土
あの日から　兄さん　玫瑰の砂

こちら　見て！
縄文の血　弥生の血　混じった手の平
こちら　祈って！
みんな一緒の　あちらで

雲が集まってきたね
ぐんぐん　お日さまに向かって
光り輝き　燃えて
火焔土器　つくっているみたいだ

じっとみている　こちらの背後
父さん　兄さん　唇　血色

かき氷　啜っているよ
懐かしい　微笑みで

芥子種ノ祈リ

祈リマス
祈リニイキマス

米中枢同時テロで
死の国へ送られた夥しい数の　わたしたちのはらから
（悲しい　という言葉だけでは言い表わせない　悲しさです）
報復で恐ろしい爆弾を浴びた　アフガンの民も
わたしたちのはらから

死の国の死者の列に並んだ大勢の　無辜の民
（悲しいという言葉は　もう死にました）

どうか　タリバンの兵士を許したように
テロリストを捕えても殺さないでください
生かしてください　罪の許しを請わせてください
罪は償わなければならないものなのですから
殺さないで！
同じ天の梢と地の根を持っていて
枝葉だけが異なる兄弟どうしなのですから
人間という種を持つ　はらからなのですから　なおさら

わたしたち

トウキョウ大空襲を知っている　民
ナガサキ・ヒロシマの原爆を知っている　民
終戦前夜
アキタ・ツチザキ空襲を　遠くから見ただけで茫然自失したわたし
　明け方　多くの死者を背負ったという
今は亡き健気な友のためにも

　　祈リマス
　　祈リニイキマス
　　教会ヘイキマス
　　　アフガンノ子ラ　円ラナ瞳　イツマデモ
　　芥子種ホドノ祈リデス
　　小サナ　小サナ

萌黄色の芽が

小さな庭の隅にも三月がきていて
炭俵や筵で囲った木の　その部分にだけ
土が懐かしい匂いで出ている
（雪消えはもう間近　だんだんに暖かくなる！）
軒下に置いた瓶ビールの木箱のなかから
恵子さんから頂いたカエデの苗木鉢と
司祭館の後庭から密かに折った青いアジサイのさし木鉢を取り出し

日溜まりに置く

（見て！
　わたしを　見て！）

難聴の右耳に囁きが聞こえる
近視の眼にも萌黄色の芽が見える
三十種の百合鉢の在り処を忘れ
赤玉土・腐葉土・油粕・鶏糞・化成肥料の混ぜ合わせに
心血を注いだ十月を
忘れた

（見て！

わたしを　見て！）

萌黄色の芽が
一〇五ミリ・二〇〇ミリ・三〇〇ミリのレンズで
拡大されたみたいに迫ってくる

眼から体のなかに入り
若葉が萌えたつ
（カエデ・アジサイが　さ緑に）
徐々にアジサイが開く
頭脳のところどころに青空をつくって

聖霊　きてください

聖霊　きてください

寛永元年七月十八日の河合喜右衛門さん
十三歳のご子息　喜太郎さん
三十にんの方々
皆さんと一緒に　きてください

われらを憐れみ給え　と
祈りつつ
久保田*の奉行所附近の牢から　内町をひきまわされ
改修されて　今は旭川と呼ばれている仁別川のちかくを通り　外町へ

そのとき　草鞋を履いていましたか
裸足でしたか
朝から
炎天だったのですね

（なんぼが　あつがたしべ
おいだば　いのらねで　ごめしてけれ　ごめしてけれって
なぎさげぶなだ）

聖霊　きてください

三十二にんの皆さんと一緒に　きてください

きのう　あなた方がひきまわされた寛永の石ころ道を
歩きました
柳並木の舗道です
お祈りもしないで　佇みました
川の流れに逆らい　真鯉がバチャバチャ跳ねていました
そのときも真鯉が跳ねていましたか

聖霊　きてください

平成十一年七月十八日の今　きてください
朝方から灼けつく暑さです
「久保田より三里距《へだ》てるヤナイの地」と記録されている外町のはるか外れ
谷内佐渡の刑場へ引かれていった道筋を歩くだけで　もう
汗だくです

（おいだば　ひあぶりの　まぎこさ　ひつぐめえがら
なぎさげび
しぬめえがら　しでるなだ）

聖霊　きてください

寛永元年七月十八日の喜右衛門さん
喜太郎さん
三十にんの方々
皆さんと一緒に　きてください

ただ祈るだけで
今日　何もしませんでした　たったひとりの人のためにさえ
何もしてあげませんでした

聖霊　きてください

寛永元年七月十八日の天から　降りて

今　直ぐ
光の矢で　さしつらぬいてください
　　　聖霊　きてください

＊久保田　現在の秋田市
参考　武藤鉄城著『秋田キリシタン史』

順三さんのドロップ

*

「わがいのちを舐める詩」と後記した順三さんの
夜のドロップを一度読み
「枕頭台からドロップ缶を取り出す。」で始まる　二度目の
夜のドロップです

ドロップは
メイジですか
モリナガですか
モリナガドロップ　メイジドロップ
ドロップ
ドロップ

　決して嚙るな
舐めて　舐めて
　粒になるまで舐めつくせ
粒になったドロップは
少年だった順三さんのところに　もう辿りつきましたか
恐ろしく遠いところ
いのちと呼ぶところの源のあたりで　一緒になっていますか

＊＊

春の終わりの夏の初め
枝いっぱいに花をつける
雑な木と言うな
コミュニティをつくって花の山となる
秋田ではガザ、ガンザ、イワシバナ
五月にいただいた順三さんの色紙
（男鹿の春は遅く　ガンザの花と一緒にくるのよ　と隆子さん＊も
おっしゃっていたな）
ガンザの花が咲くころ離れて帰らず
いまだ帰れずにいる故郷　男鹿をくださった順三さん
ありがとう

ガンザの花を満身にうけた気分でした

＊＊＊

一度だけ　お訪ねしたときの
順三さんの庭
秋海棠が　うすい紅をつけて見事でした
　水彩の
淡紅色の花が浮かんでいる
いくつも、いくつも
悔いとも恥ともつかぬ思いが滲んで　と
こちらでかいた順三さん
あちらでは　おからだを秋海棠の高さにして横たわり
うす紅を目いっぱい入れていますか

いつでも　そうしていますか

甘酸っぱい順三さんのドロップ
順三さんを
瞼いっぱいにあつめて　ドロップを舐めます
眠りにおちる前の粒々
ドロップ
順三さんのドロップ

＊沢木隆子　平成五年一月逝去

小春の庭

庭木の大方を炭俵や筵で囲んで
荒縄やビニールロープで結び
小半日で終えた冬囲いの庭ごし
隣家の赤錆びたトタン屋根を見ている

先だってまで寝ころがっていた隣家の老猫は
ついに姿を見せない

ここに引っ越してきたときもいたから
三代目か四代目か
慈しみ育てたおばあさんは　とうに
亡くなっていて

見ている部屋のハンガーに
水玉模様の青いネクタイがだらしなく下がっている
父でない父が　娘でない娘からいただいた
父の日の贈物で　有頂天の
あの頃はよかった
過ぎてみればあれが黄金時代
季に喩えればきみが初夏でこちらは初秋
声を聞けなくなったのは数年前のことなのに

ずいぶん経ったような気がする

眼を転じ
逸らす感傷のさきに
小枝を縄で括ったドウダンとカエデの残り葉が
僂く交《こう》叉《さ》している
ヤマユリの茎の枯れはてが見える

宿根の思想が直立し　震えている
震える

トキコさんの涙

頬濡らす涙一筋聖母月

深夜の
川反四丁目小路
東京の有名な洋菓子店と同じ名のコロンバン
エレクトーンのあるスナック
トキコさんはいつも真打ちで

カトウトキコの唄う〈百万本のバラ〉を熱唱した
ヤマガタさん　ノブヤスさん　カズミさん　タマコさん
素敵な仲間がいて

＊

去年のいま時分
あのときもそうだった
トキコさんは最後に〈百万本のバラ〉を熱唱した
かなり酔っていた
（こちらは素面だったけど　ここの雰囲気にも酔ったし唄になお酔った）

「求婚されてね　どんなに好きで　どんなに愛しあっても
遠くにいるってこと　どうにもならないの　つらいわ」

カウンターに伏して泣いた　トキコさん
「わかる　わかる　遠いってこと」
こちらは音信の途絶えがちな　ひとを　おもったし
トキコさんの涙がうつり
切なくて　そっと頬をよせた
そのときに　トキコさんの髪の匂いを知った
ヤマガタさん　ノブヤスさん　カズミさん　タマコさん
それに　ケイコさん
素敵な仲間がいて

＊

あれから一年
恋情の名残みたいな小さな燠火が残っていたのか

最近になって　そのひととの音信がどうやら復活しそうで
いままでよりもいい愛を　ずっと保てそうな気がする
どなたさまからかはわからないけれど　いただいた恩寵なのだろうか
トキコさんの方はどうなったのか　その後のことは聞いていない
吉？　凶？
堂々たる熱唱はまだ続いている
（多分　吉だ）

「代行車が待っているよ」
ヤマガタさんの声がする
トキコさんのだ
午前零時を過ぎ　聖母月が過ぎた
（こちらのことはまだ　トキコさんに言っていない）

涙のマリー

〈やさしく撫でるように　ね

師のことばを反芻し
撤水器の把っ手を握っている
マリーゴールドが揺れる
ひときわ　目立って揺れるのは背高のっぽの
マリーゴールド・アフリカンだ

〈マリーゴールドってマリヤ様のお花？

近よってくるのは
いつも神様のお側にいらっしゃるみたいな方
マリーさん
（朝ミサの先唱なのかしら
思いこみって　コメディみたいだけれど
もはや　否定している
不意に　あちらにもいらっしゃるマリーさんを案じ
西の空に眼をやる

お告げの鐘の方角のマリーさん
小柄だけどマリーさんにそっくりなお体
ひとまわり半ほど歳下の　あちらのマリーさん
職場の朝掃除の頃かしら　いまごろは

涙っぽい兎の眼をして　くるくると
朝の祈りの　手繰るロザリオと同じだよ　きみのモップ

（涙って　どんな味？
食べたいほど好きだよ　マリー
甘ったるいコメディみたいだってこと
充分に　わかっているけどね
もう少しでお告げの鐘が鳴る時分だ
早く水やりを終えねば……
（撫でるようにやさしくしてね

乳頭

（乳頭って乳色のお湯のあるお山？
沖縄の詩人の暑い声を聞いた　あのときは雛の夜だった？
募る情念をそちらへ　過去の方へ傾けるふりで
豊かな胸を覆っているカーディガンの緑に眼をやっている
先ほどまで朝もやが彼方のブナの森にかかっていたが
徐々に薄れ　消えて行く
（先達川は　あの辺りかしら

微かに瀬音が聞こえてくる
じっと　いつまでもじっと肩を寄せたままで
（一瞬が　永遠のように続けばいいけれど
不意に　ごうごうど滝の音
流れのままに　くちびると
くちびるの沢を越えれば　深い渕
（その一瞬のためなら　願う永遠さえ殺したいけれど
ただただ　眼前のチチガシラ
乳頭のお山は見えない
何もかも鮮やかな緑

グンジ踏み挽歌

栗津號さんを偲んで

タニウツギ満開の男鹿半島沖で
倶子さんの手の平から　號さん[*1]が
　波に乗った
潮焼け美男の船頭は號さんの同級生ですか？
優しい悪役俳優の手の平の號さんも
　波に乗った

波に乗った號さんの背に　男鹿の山が
三羽の鳥影のように浮かんでいる
潮が　號さんの粒々
灰になった號さんを
上手く運んでくれるといいね

椿の沖から　鵜の崎を巡り
船川湾の生鼻岬沖から　八郎潟の方へ
光りの帯が動いて行くみたいだ
潟口の　水尾の辺りへ

＊

號さんになった祐教さんへ

水底からガスの出る潟岸で
腰まで漬かってにょろにょろの
グンジ[*2]踏み
「グンジを素足の指先に挟んで捕える遊び」に興じた
小学三年の冒険家
（足裏にごろごろの　シジミ捕りすればいいのに
男鹿・船越の
貴栄山円応寺十九世住職を継がず
俳優になった祐教さん
號さんという俳優を選んだ
祐教さん

潟の水に漬かった男だものな
　からから　からからと
　下駄っこの音　からから立てて
船越新町の氷水屋さん目ざし　駆けっこしたっけ
（きみが一番　こちらが二番で

＊

祐教さんだった號さんへ

神代辰巳監督の「四畳半襖の裏張り」に出たきみ
シベリア出兵に召集された
東北出身の二等兵役

束の間のからみ
あのシーンは　もの凄くよかった
今も覚えているよ
おしろいを塗ったけものたちは　オクラ入りしたけれど　台本の
二〇〇字詰一五五枚は大切に預かっているよ
きみと神代さんの共作だからね
ＮＨＫの朝ドラ　「雲のじゅうたん」に出たのはその少し前だった？
「一条さゆり・濡れた欲情」や　「白い指の戯れ」など
日活ロマンポルノの脇役でも熱演だった
きみの地ではないのに
俳優ってすごいね
何たって　カツシンの
座頭市シリーズに出たときの

十秒かそこらの荷車を引くシーンが　最高だった
あれは地だ　秋田・男鹿のグンジ踏みの足裏
確かなきみだ

＊

ひとり舞台からは　主役に転じたけれど　何だか
駆け足している気がしてね
出稼ぎか帰郷のホームで
酔の果て線路に沈み　轢死した
秋田県由利郡鳥海村・佐藤叶になりきった
「上野駅14番線」はよかった
（笑って泣いて　泣いて笑った
そのときすでに五十歳の晩年だったのか

鳥海山の麓
鳥海村から鳥海町となった　佐藤叶の里での公演の縁で
三船敏郎の生家を訪ねてから
「三船敏郎外伝――わたしのトシローさん」を男鹿市文化会館で演じた
一九九八年十月三十日夜
敏郎には全く似ていなかったけれど　もの凄い声だった
あのとき　すでに死の影が背に張りついていたのだな

一九九九年九月・男鹿市立船越小学校でお話と劇

＊

「胃癌に巣喰われ、胃を全部摘出する手術を六月四日に行いました。

九月の学校訪問が復帰のイベントとなります。……当日は〝俳優の仕事〟と題し、ひとり芝居「上野駅14番線」の着想から取材、そして上演までを交えて報告します。〝自分で創り出すことの大切さ〟を熱く語り伝えたいです。」船越小学校の皆さんへの手紙　粟津號*3

「船越小学校へ来てくださってありがとうございました。ほしいものがあるなら自分でつくろう、の言葉が心にしみました。」六年
西村達樹

「ぼくはむねを手術しました……三年間もそこにいたら体に管がついていました。六才のころです。粟津さんの手術のあとをみて、どうしてもうそんな大きな声でしゃべれるのかなぁと思いました。……はやく手術のあとが消えればいいですね。」六年竹　太田未来

帆
「あわづさん、おはなしやげきをみせてくれてありがとう。おなかをみせてくれてありがとう。」一ねん　こなかあい

＊

號さんだった祐教さんへ

ギョギョシ　ギョギョシ
ヨシキリがけたたましく鳴いている
カルガモやマガモも鳴き寄ってきて
びゅっ　びゅっ　風が鳴っている
潟っ風だ
倶子さんの掌に乗った號さんが　男鹿半島沖から

　　波に乗り
　　　潮に運ばれ
潟に着いたって　合図みたいだ
潟の微粒子になった號さん
（また　グンジ踏みしている？
葦原から鴨が二羽寄って行くよ　そこに

此処からは
船越小学校が　よく見えるでしょう
歓声が聞こえてくるみたいだ
（運動会かな
達樹くんや未来帆くんは　中学生になっていないけれど
キラリ　光っているのは五年生になった　こなかあいさんの

白鉢巻かしら
あいさんの胸やおなかにも　きみが
生きつづければいいね

號さんだった祐教さん
元気でね

此処で

＊1　粟津號　二〇〇〇年三月歿
＊2　グンジ　真ハゼの地方語
＊3　「俳優《わざおぎ》が行く」より引用がある

あとがき

本書は、〈家系〉〈壊れた夢〉〈祈りのレッスン〉〈暁闇自転車に乗って〉につづく第五詩集です。

此の度も又、思潮社の小田久郎さん、そして、編集部の皆さんにお世話になりました。

記して感謝申し上げます。

平成二十二年七月吉日

米屋 猛

人《ひと》に生《う》まれて

著者
米屋《よねや》 猛《たけし》
発行者
小田久郎
発行所
株式会社思潮社
〒一六二 東京都新宿区市谷砂土原町三―十五
電話〇三(三二六七)八一五三(営業)八一四一(編集)
FAX〇三(三二六七)八一四二
印刷・製本
創栄図書印刷株式会社
発行日
二〇一〇年七月三十一日